American Sluts 4

Impressum
© 2023 Gina Weiß
Druck und Distribution im Auftrag der Autorin:
tredition GmbH, Heinz-Beusen-Stieg 5, 22926
Ahrensburg, Deutschland

Sehr verehrte Leser,

vielen Dank für den Erwerb dieses Buches.

American Sluts ist meine neueste Buchreihe. Es ist eine Sammlung erotischer Kurzgeschichten. Dabei geht es jeweils um eine fiktive Frau, die sexuelle Abenteuer erlebt.

Diese Werke stellen einen stilistischen Bruch zu meinen bisherigen Büchern dar. Denn hier schreibe ich in der Ich-Form, aus der Sicht der Protagonistin, in der Gegenwart.

Im vierten Teil geht es um die Geschichte der jungen Coby Flintsone. Eine 22 jährige Studentin in Pittsburgh.

Coby hat aus Faulheit bei ihrer letzten Arbeit geschummelt. Was von ihrem gerissenen Professor Aaron Copper nicht unbemerkt blieb.

Ein delikater Deal

Coby Flintstone war 22 Jahre alt und auf dem Weg zu ihrer Hinrichtung. Wenigstens kam es ihr so vor. Professor Aaron Copper war der strengste ihrer Professoren und ausgerechnet bei ihm musste sie heute vorsprechen. Coby gehörte zu den Studenten, die ihre Arbeiten und Prüfungen immer bis zur letzten Sekunde vor sich her schoben, um sie dann in Rekordzeit zu erledigen und abzugeben. Ihre außergewöhnliche Intelligenz erlaubte ihr diese lapidare Arbeitsweise - bisher war es ihr noch immer gelungen, sich mit guten Ergebnissen und minimalem Aufwand durch die Prüfungen zu schlängeln.

Jetzt allerdings hatte sie den groben Fehler begangen, sich ausgerechnet beim meist gehassten Professor einen Lapsus zu erlauben. Professor Copper war berüchtigt für seine Strenge und Unnachsichtigkeit gegenüber den zahlreichen kleinen Schwächen seiner Studenten. Kein Student mit einem Jota an Verstand versuchte sich bei ihm durchzumogeln. Er hatte kein Verständnis für kleine Sünden und hatte die höchste Rate an Prüfungswiederholungen an der ganzen Universität von Pittsburgh.

Professor Copper hatte Coby zu sich nach

Hause bestellt, ohne ihr mitzuteilen, weswegen er sie eigentlich sprechen wollte. Sie hatte allerdings eine ziemlich genaue Vorstellung, worum es ging - ihre letzte Hausarbeit hatte sie hastig aus mehreren Büchern und Artikeln aus dem Internet zusammen geschrieben und war in der Angabe ihrer Quellen äußerst großzügig gewesen. Coby hatte gehofft, dass an dem Professor mit seinen ungefähr 50 Jahren das Zeitalter des Internets bisher vorbeigezogen war und er ihre Arbeitserleichterung, die sie sich selbst zugebilligt hatte, nicht bemerken würde. Nun sah es jedoch ganz danach aus, dass unter seinem Namen im Telefonverzeichnis nur deshalb keine E-Mail-

Adresse aufgeführt war, weil er keine Lust

hatte, sich in seiner Freizeit mit Anfragen seiner

Studenten herumärgern zu müssen und sehr

wohl in der Lage war, ihre Artikel im Internet zu

recherchieren.

Coby seufzte. Das war einfach nicht ihr Monat,

zu viel war schon schief gegangen. Erst war sie

mit Pauken und Trompeten durch eine wirklich

wichtige Prüfung gerauscht. Dann hatte sie

ihren Freund mit einer ihrer vermeintlich besten

Freundinnen wild knutschend auf einer

Verbindungsparty erwischt. Und jetzt auch

noch das. Sie hoffte nur inständig, dass er ihr

nicht den Kopf abreißen würde oder noch schlimmer, sie exmatrikulieren ließ.

Andererseits gab es ihr zu denken, dass er sie zu dieser Stunde zu sich nach Hause bestellt hatte. Das klang eigentlich nicht nach einer Exmatrikulations-Standpauke, und sie hatte da durchaus auch schon Gerüchte gehört, den Professor und seine attraktivsten Studentinnen betreffend. Doch niemand schenkt solchen abwegigen Gerüchten Aufmerksamkeit. Auffallend wenige seiner weiblichen Schülerschaft mussten Prüfungen wiederholen oder wurden exmatrikuliert.

Und jede, die bei ihm zu privaten "Nachsitze Stunden" verdonnert wurde, schwieg sich hartnäckig über die näheren Umstände dieser Begegnungen aus. Das war es jedenfalls, was Coby in der Gerüchteküche erfahren hatte. Es waren wirklich nur Gerüchte, Klatsch und Tratsch, der sich hinter vorgehaltener Hand zugeflüstert wurde. Coby glaubte nicht wirklich daran, nicht eine Sekunde. Das ihr gestrenger Professor etwas anderes im Sinn haben könnte, als sie wegen ihrer Schlamperei gründlich herunter zu putzen schien ihr völlig unmöglich.

Während sie in der U-Bahn saß und die Stationen an ihr vorbei zogen, geriet sie ins

Grübeln. Was wäre, wenn es doch so wäre?

Wie würde sie reagieren? Professor Copper war

kein junger Mann mehr und kein besonders

schöner obendrein. Er war groß - mindestens

1,90 m - und eher kräftig als schlank. Doch

optisch war er bestenfalls Durchschnitt.

Außerdem hatte Coby ihn noch nie lächeln

sehen - stets trug er einen Gesichtsausdruck,

der den Betrachter offenbar ahnen lassen

sollte, dass ihm alle menschlichen Abgründe

bereits begegnet waren.

Bemerkenswert an ihm waren einzig und allein

sein volles halblanges, noch immer üppiges

schwarzes Haar - sie hatten sich oft gefragt, ob

er vielleicht mit einem Toupet nachhelfen

würde. Seine tiefe sonore Stimme - sie war oft nur in seinen Vorlesungen gewesen, weil sie diese Stimme so unglaublich faszinierend fand, war sehr vereinnahmend. Und seine tiefgründigen anthrazit schwarzen Augen, die in ihr tiefstes Innerstes zu blicken schienen, wenn er sie anschaute waren ebenfalls nicht zu verachten.

Obwohl er kein Modelltyp war hatte er eine Aura von Selbstsicherheit um sich, die Aufmerksamkeit forderte und den Raum erfüllte, in dem er sich bewegte. Coby beneidete ihn ehrlich gesagt darum.

Coby rutschte auf ihrem Sitz aufgeregt hin und

her, je näher sie ihrem Ziel entgegen kam umso nervöser wurde sie letzten Endes. Nachdem sie die Haltestelle erreicht hatte, machte sie sich auf den Weg zu der angegebenen Adresse. Und fünf Minuten später stand sie tief durchatmend vor seinem Haus. Es war so, wie sie es sich vorgestellt hatte - ein große gutbürgerliche Villa, die nach Reichtum und Kultur roch und bei der noch nicht einmal die Säulen vor dem Eingang fehlten. Ein Haus, das einen ähnlich starken Eindruck vermittelte wie sein Bewohner.

'Du schaffst das, Kleines', sprach sie sich selbst Mut zu. 'Er hat dich nur hierher bestellt, weil er keine hatte, extra in die Uni zu fahren, er wird dich zusammenfalten und dir apokalyptische Strafen auferlegen. In spätestens einer Stunde bist du wieder draußen und hast es hinter dir. Mehr als anbrüllen kann er dich ja nicht' sagte sie im Selbstgespräch.

Von diesen Gedanken einigermaßen gefestigt und getrieben, klingelte sie. Nach einer kurzen Wartezeit öffnete sich die Tür und eine ältere Dame in einem grauen unscheinbaren Kostüm öffnete. "Ja, bitte"? Die Frau schaute Coby fragend und mit reservierter Miene an. Coby geriet ins Stottern. "Guten Tag, ich bin Coby

Flintstone, ich habe einen Termin bei Professor Copper".

Die Frau zog leicht die Augenbrauen hoch und ließ ihren Blick kurz wie abschätzend über Coby gleiten. "Folgen Sie mir", wurde Coby von ihr aufgefordert. Coby konnte sich des Eindrucks nicht erwehren, dass die Frau eigentlich noch etwas hatte sagen wollen, sich es dann aber doch anders überlegt hatte. Sie lief vor Coby her durch einen dunklen Flur bis zu einer Tür am Ende und klopfte. Ein dunkles "Ja" war von drinnen zu hören, woraufhin die Frau die Tür einen Spalt öffnete. "Eine Ms. Flintstone ist hier wegen eines Termins".

"Soll reinkommen", brummte es von drinnen. Und als Nachsatz kam "Mrs. Maxwell, das wäre dann für heute alles, machen Sie Feierabend". Die Frau nickte kurz mit dem Kopf, antwortete "Sehr wohl, Herr Professor", wandte sich wieder Coby zu und trat einen Schritt beiseite. "Treten Sie ein" forderte sie Coby auf und wies auf die Tür.

Mit wackligen Knien und zitternden Händen trat Coby in das Arbeitszimmer ihres gefürchteten Professors. Sie kam in einen dunklen, maskulinen Raum. Die Wände waren bis zur Hälfte mit dunklen Holzpaneelen ausgekleidet und darüber mit einer

dunkelroten teuren Tapete bespannt. An zwei

Wänden standen alte, aber gut erhaltene und

gepflegte Bücherregale und Schränke. Vor

den hohen Fenstern, die von ebenfalls

dunkelroten Samt Vorhängen umrahmt

wurden, stand eine ausladende sehr gemütlich

aussehende Couch, auf der eine komplette

Bigband Platz gefunden hätte. Und in der Ecke

des Raumes befand sich ein riesiger

altmodischer Schreibtisch aus dunklem Holz,

hinter dem ihr Professor saß und offenbar einen

Artikel studierte.

Ohne aufzublicken, wies er auf einen Stuhl auf

der anderen Seite des Schreibtisches. "Setzen Sie sich, ich brauche noch zwei Minuten". Coby nahm auf einem etwas unbequemen harten Holzstuhl Platz. 'Der richtige Stuhl, um einem Delinquenten in Angst und Schrecken zu versetzen', dachte sie spöttisch und blickte sich zaghaft und unauffällig um.

An der Wand über der Couch erkannte sie einen Druck von Rubens - Jupiter und Callisto -, an der gegenüberliegenden Seite entdeckte sie eine gelungene Reproduktion des Kusses von Klimt und direkt über dem Schreibtisch thronte eine riesige Kopie der "Geburt der Venus" von Botticelli. An den Stellen der Wände, die nicht von den Bücherregalen eingenommen wurden, hingen weitere kleine

Bilder mit mehr oder weniger erotischen

Motiven.

Coby schluckte - es war offensichtlich, dass ihr

Professor Gefallen fand an erotischen Themen

der Kunstgeschichte. Sie betrachtete ihn durch

die langen Strähnen ihres Ponys. Er studierte

offensichtlich einen Artikel, seine Augenbrauen

waren konzentriert zusammengezogen und

mündeten in einer Furche über seiner Nase. Er

trug ein Hemd mit einem lose gebunden

Schlips und sah alles in allem wie ein netter

älterer Herr aus. Der sich, wenn sie sich nicht

vollkommen täuschte, gleich in einen reißenden Wolf verwandeln würde.

Nach fünf Minuten, die ihr wie eine Ewigkeit vorkamen, hob er seinen Blick und schaute ihr direkt in die Augen. "Ms. Flintstone, wie nett, dass Sie es einrichten konnten". Der Sarkasmus in seiner Stimme war nicht zu überhören. Ohne eine Antwort abzuwarten, fuhr er fort: "Wissen Sie, was ich hier gerade so ausführlich studiert habe"? Miriam beschloss, dass es fürs erste am besten war, gar nichts zu sagen und schüttelte nur den Kopf.

"Das, meine Liebe, ist eine Kopie Ihrer letzten Hausarbeit. Das Original liegt bei mir in der

Universität - ich kopiere alle Arbeiten für den Fall, dass entweder die Uni oder aber mein Haus abbrennen sollte -es wäre doch zu schade, wenn die geistigen Höhenflüge meiner Studenten und Studentinnen für ewig und alle Zeiten für die Menschheit verloren gehen würden". Er genoss es sichtlich, ihr seine Überlegenheit zu demonstrieren, und sie blieb nach wie vor defensiv und stumm. Nach einer kurzen Kunstpause, die er, da war sie sich sicher, ganz bewusst eingefügt hatte, um die Dramatik der Situation noch zu steigern, fuhr er fort. "Und wissen Sie, wonach ich gerade Ausschau gehalten habe Ms. Flintstone"? Wiederum schüttelte sie nur mit dem Kopf. Er wandte den Blick nicht von ihrem Gesicht und proklamierte: "Ich war auf der Suche nach Stellen in diesem Machwerk, die Sie nicht irgendwo abgeschrieben haben". Wieder machte er eine bedeutungsschwere Pause, stand auf, stützte die Hände auf den Schreibtisch und beugte den Oberkörper nach vorn, ohne sie aus den Augen zu lassen. "Und wissen Sie, was ich gefunden habe"?

Sie kam gar nicht auf die Idee, den Kopf zu schütteln, denn sie versuchte verzweifelt, seinem Blick standzuhalten. Er sprach weiter, sehr leise und jedes Wort betonte er mit Bedacht. "Nichts, meine Liebe. Ich habe nichts gefunden, das möglicherweise Ihrem eigenen

Geist entsprungen sein könnte. Sie haben die

unglaubliche Frechheit besessen, mir eine

Arbeit vorzulegen, die von vorne bis hinten

abgeschrieben ist".

Cobys Puls raste. Ihr Herz pochte wild und

unkontrolliert. Sie begann unweigerlich zu

schwitzen und alles um sie herum fing an sich

zu drehen. An dieser Stelle hielt sie es nicht

mehr aus und senkte den Kopf. Ihre Nerven

flatterten und sie hatte das Gefühl, dass seine

Stimme direkt in ihrem Kopf widerhallte.

Unbarmherzig hackte er weiter auf ihr herum.

"Und wissen Sie, wie man so etwas nennt, meine verehrte Miss Flintstone - man nennt so etwas ein Plagiat, oder damit Sie es auch verstehen, Betrug". Er ging jetzt langsam um seinen Schreibtisch, bis er direkt vor ihr stand. "Und wissen Sie auch, was mit Studenten passiert, die die Stirn haben, ein Plagiat abzuliefern"? Mit den Fingern seiner rechten Hand umfasste er ihr Kinn und hob ihren Kopf, so dass sie nicht anders konnte, als ihn wieder anzusehen. Mit seiner allertiefsten Stimmlage setzte er zum Todesstoß an. "Diese Studenten werden exmatrikuliert. Ohne die Chance, das Studium jemals fortzusetzen".

Obwohl sie sich vorher geschworen hatte,

keine Schwäche zu zeigen, traten ihr jetzt doch

die Tränen in die Augen. Und sie hasste sich

dafür. Sie verabscheute Frauen, die Tränen als

Zeichen weiblicher Schwäche einsetzten, wenn

eine Situation zu brenzlig wurde, aber sie

konnte nicht anders, zu sehr fühlte sie sich

durch seine herablassende Art gedemütigt.

"Sagen Sie mir, Miss Flintstone, - Coby...".

"Coby.." Sie hatte ihn nicht unterbrechen

wollen, aber der Einwand rutschte ihr einfach

so heraus. "Nennen Sie mich Coby, ich hasse

meinen Nachnamen." Er schaute sie mit

gerunzelter Stirn an. "Coby also. Nun gut, Coby.

Sagen Sie mir bitte, in welchem Semester Sie sich gerade befinden". Sie schaute ihn an. "Im sechsten, Herr Professor." Sie wusste selbstverständlich, dass er das genau wusste, fühlte aber, dass es äußerst unklug wäre, ihn darauf hinzuweisen. Er lächelte sie an. "Im sechsten Semester also. Was für einen Verschwendung".

Sie schaute ihn an und konnte sich nicht länger zurückhalten. Mit flehender Stimme bat sie: "Bitte, Herr Professor Copper, das war ein einmaliger Ausrutscher. Ich hatte einen wirklich schweren Monat. Ich weiß, dass es unverzeihlich ist, Ihnen so eine Arbeit zuzumuten, aber könnte ich sie nicht einfach noch mal schreiben"? Er umrundete ihren Stuhl, bis er hinter ihr stand. Sie konnte ihn hinter sich fühlen, und seine Nähe steigerte ihre Nervosität noch. Er flüsterte ihr ins Ohr: "Das war es eigentlich nicht, was ich im Sinn hatte".

Ihr Professor legte ihr seine Hände auf die Schultern und fing sehr vorsichtig an, sie zu massieren. Mit neutraler Stimme fuhr er fort: "Aber, aber, entspannen Sie sich Coby - ich bin sicher, wir finden eine Lösung, die uns beide - nun ja - befriedigt. Ich weiß, dass Sie intelligent genug sind, um so eine Arbeit zustande zu bringen, ohne bei drittklassigen Quellen abzuschreiben. Dennoch bleibt die Tatsache, dass Sie Ihre drittklassigen Quellen nicht angegeben und versucht haben, aus mir einen Trottel zu machen".

Sie versuchte schwach zu protestieren. "Professor, ich würde nie..." "Hören Sie auf", unterbrach er sie unwirsch und vertiefte den Druck seiner Hände auf ihre Schultern. "Ich möchte Ihnen etwas vorschlagen - einen Deal, wenn Sie so wollen". Seine Hände kneteten mit geübten Griff ihre Nackenmuskulatur, und sie merkte, wie die Spannung allmählich aus ihr heraus floss. Seine samtige Stimme gurrte in ihr Ohr. "Sie sind ein wirklich attraktives Mädchen".

Seine Hände wanderten zu ihren Oberarmen und setzten dort die Massage fort. Sie lehnte sich zurück und begann, seine Berührung als angenehm wahrzunehmen. Sie spürte seinen Atem an ihrem Ohr und lehnte sich in die Vibrationen seines Basses.

"Was ich Ihnen vorschlagen möchte, ist etwas delikater Natur. Ich möchte zu gern eine Nacht mit Ihnen verbringen und wäre bereit, Ihnen die Wiederholung der Arbeit zu gestatten." Seine Hände arbeiteten sich jetzt an ihren Armen entlang bis zu ihren Händen. "Ich möchte jedoch nicht, dass Sie sich gezwungen fühlen - was schwierig sein dürfte, denn ich gebe zu, dass ich mich in einer Position befinde, die mich im Vorteil sein lässt. Ich möchte jedoch, dass Sie unser Tête á Tête ebenso genießen wie ich selbst es ganz sicher tun würde. Ich verspreche Ihnen, dass ich Ihnen Freuden verschaffen werde, von denen Sie bisher nicht wussten, dass sie existieren."

Er hatte aufgehört, sie zu massieren, seine Hände strichen streichelnd an ihren Armen entlang, so dass er sie beinahe umarmte. Sie konnte seinen Duft wahrnehmen - herb und würzig, männlich mit einem Hauch von sauberer Frische und beobachtete seine faszinierend starken Hände, die ihre liebkosten.

Und sie wusste genau, wie sie sich entscheiden würde. Und sie wusste auch, dass er es wusste. Er mochte kein schöner Mann sein, aber faszinierend war er ohne Zweifel. Und trotz des immensen Altersunterschiedes war sie sich sicher, dass er genau das tun würde, was er ihr versprochen hatte - er würde ihr Lust verschaffen und sie nicht missbrauchen.

Missbrauchen würde er lediglich seine Position, um sie dazu zu kriegen, mit ihm ins Bett zu gehen - aber angesichts seiner Hände und seiner Stimme und seines Duftes war es nicht an ihr, kleinlich zu sein. Leise und sehr sanft sagte sie "Professor Copper, ich danke Ihnen für das Angebot und bin für eine Nacht die Ihre". Er umfasste ihre Hände, zog sie vom Stuhl und drehte sie um, so dass sie ihm gegenüberstand. Eine Hand legte sich auf ihre Schulter und glitt sanft ihren Arm entlang, mit der anderen strich er ihr die Haare aus dem Gesicht.

Er beugte sich zu ihr und küsste sie sanft auf die Wange: "Du wirst es nicht bereuen, Coby. Und jetzt komm". Er umfasste ihre Schulter und zog sie sanft mit sich zu einer kleinen Tür zwischen den Bücherregalen, die ihr bisher verborgen geblieben war. Sie traten in einen kleineren Raum, ebenfalls in dunkelrot gehalten, mit Türen, die offenbar zu eingebauten Kleiderschränken führten und einem riesigen Bett in der Mitte des Raumes. An der gegenüberliegenden Wand befand sich eine weitere Tür.

Aaron Copper stand jetzt hinter ihr, in freudiger Erwartung. Der Professor hielt sie noch immer in einer halben Umarmung und sog den Duft ihrer Haare förmlich in sich auf. "Dort drüben findest du ein Badezimmer, du kannst dich etwas frisch machen. Zieh dich bitte um, Kleider liegen schon für dich bereit".

Coby konnte sich ein kleines Lächeln nicht verkneifen - er hatte das wirklich generalstabsmäßig geplant und war sich seiner Sache ganz sicher. Sie hatte das sichere

Gefühl, dass er so etwas nicht zum ersten Mal machte. Sie wandte sich ihm zu, versuchte, ein forsches Lächeln aufzusetzen und küsste ihn sanft auf die Wange. "Bis gleich, Professor" hauchte sie ihm entgegen. Im Badezimmer zog sie sich aus und ging unter die Dusche. Als sie sich abtrocknete, bemerkte sie das Kleid, das an der Badezimmertür auf einem Bügel hing. Ihr blieb fast das Herz stehen.

Es war eher ein Negligé - ein langes dunkelrotes Kleid aus reiner Seide. Sie zog es über den Kopf und sah in einem großen Wandspiegel fasziniert, wie es ihre Formen umspielte. Es wurde durch zwei Bänder gehalten, die im Nacken miteinander

verknotet wurden und war an den Seiten und

im Dekolleté tief ausgeschnitten, so dass ihre

Brüste sich deutlich abzeichneten. Der Rücken

war tief nach unten gezogen. Das Kleid ging ihr

bis zu den Knöcheln und wäre sehr eng

gewesen, wenn es nicht einen langen Schlitz

gehabt hätte, der es bis zum Ansatz ihrer

Oberschenkel teilte.

Sie schaute sich nach Unterwäsche um, konnte

jedoch keine finden. Stattdessen entdeckte sie

ein Paar vermutlich ebenfalls sündhaft teure,

halterlose, schwarze, feine Netzstrümpfe. Die

Schmuckkante des linken Strumpfes war

wegen des Schlitzes im Kleid perfekt zu

erahnen. Sie trug sparsam etwas Make-Up auf - gerade so viel, um ihre grünen, mandelförmigen Augen zu betonen. Die junge Studentin kämmte sich ihr schwarzes Haar und putzte sich die Zähne mit einer offenbar eigens für sie ausgelegten neuen Zahnbürste.

Dann atmete sie tief durch, schlüpfte in die hohen Sandalen, die für sie bereitstanden und wundersamer Weise genau passten. Sie straffte ihre Schultern und ging zurück ins Schlafzimmer. Ihr Liebhaber für eine Nacht erwartete sie bereits. Er hatte sich nicht umgezogen, sondern lediglich den Schlips abgelegt. Er trug noch immer sein weißes Hemd und eine dunkelrote Hose.

Nie hätte sie vermutet, dass ihr Professor ein Faible für dunkelrot haben würde. Sie schritt auf ihn zu und bemerkte, dass ihm offenbar gefiel, was er sah. Anerkennend ließ er seinen Blick über ihren gut proportionierten Körper gleiten - sie war nicht wirklich schlank, sondern an den richtigen Stellen weiblich gepolstert und er schien ihren Anblick wirklich zu mögen. Er nahm ihre Hand, beugte sich über sie und deutete einen Handkuss an.

"Ich bin entzückt, Coby. Ich freue mich auf eine aufregende Nacht mit dir". Er führte sie zu einem kleinen Tischchen, auf dem ein Eiskübel mit einer Flasche Champagner und zwei Gläser bereitstanden. Er öffnete die Flasche und ließ dezent den Korken knallen, dann füllte er beide Gläser und reichte ihr eines davon. "Auf einen unvergesslichen Abend", prostete er ihr zu.

Während sie tranken, umrundete er sie, bis er wieder hinter ihr stand, nahm ihr das Glas aus der Hand und stellte beide Gläser auf dem Tischchen ab. Dann legte Professor Copper ihr die Hände auf die Schultern und ließ sie wieder an ihren diesmal nackten Armen entlang gleiten. Er flüsterte ihr zärtlich ins Ohr "du siehst wirklich bezaubernd aus". Er wanderte mit seinen Händen an ihren Seiten entlang bis zu ihrer Taille und wieder nach oben.

Sie lehnte sich leicht an ihn und fühlte, wie ein Gefühl von Leichtigkeit sich in ihrem Bauch bemerkbar machte - ein einzelner Schmetterling, der sich vorsichtig flatternd umsah. Die Hände ihres Professors glitten an den Seiten ihrer Brüste entlang und verweilten dort. Sanft massierte er sie und schob sich langsam unter ihr Kleid, bis ihre Brüste wie Federn in seinen Händen lagen. Seine Zunge glitt in ihr Ohr, seine Zähne knabberten sanft an ihrem Ohrläppchen, während seine Daumen und Zeigefinger vorsichtig ihre Nippel umfassten und sie sanft massierten.

Beide merkten, wie Cobys Nippel augenblicklich reagierten und sich versteiften. Die Flügel des Schmetterlings flatterten nun stärker und eine wohlige Wärme breitete sich in ihrem Unterleib aus. Seine rechte Hand blieb unter ihrer Brust und massierte sie stärker, während die linke über das Kleid weiter nach unten glitt, über ihren Bauch strich und über ihre Hüfte bis hinunter zu ihrem Schenkel. Sie hob ihr Bein ganz leicht an, so dass das Kleid wegen des Schlitzes an ihrem Bein entlang glitt und es teilweise freilegte.

Aaron Copper strich am Saum des Strumpfes entlang und sie hörte ihn leise aufstöhnen. "Du bist wirklich etwas ganz besonderes". Coby glaubte zu träumen. Sie stand im Schlafzimmers ihres Professors, an ihn gelehnt, ihre rechte Brust lag in seiner großen Handfläche, als würde sie nirgendwo anders hingehören. Und dort, wo seine Hand an ihrem Oberschenkel entlang glitt, hinterließ sie eine brennende Spur aus Verlangen und Lust. Sie konnte seinen Atem an ihrem Hals und seinen kraftvollen Körper an ihrem Rücken spüren.

Hatte sie gedacht, er sei nicht schlank? Das, was sie für Körperfülle gehalten hatte, war eine geballte Ladung an männlicher Muskulatur, gegen die sie sich lehnte, die sie hielt und sich heiß gegen den dünnen Stoff ihres Kleides drückte. Seine Stimme strich hypnotisch über ihre Schläfen und raubte ihr die Sinne.

"Gib mir deine Hand, Coby", raunte er in ihr Ohr und nahm sich ihre linke Hand. Er führte sie zu ihrem Oberschenkel und ließ sie sich selbst streicheln, während er ihre Hand führte. In Kreisen näherte er sich dem Saum ihrer Strümpfe. Sie zog den Saum nach, während seine Hand auf ihrer lag - nur sein kleiner Finger strich simultan mit ihren über ihre zarte Haut. Er führte ihre Hand allmählich zur Innenseite ihrer Schenkel und weiter nach oben zum Zentrum ihrer Weiblichkeit.

Coby spürte, wie ihr Blut in ihren Unterleib schoss und ihr Atem sich beschleunigte. Mit ihrer Hand liebkoste sie die Innenseite ihrer Schenkel und fühlte, wie sein kleiner Finger ganz zart über die zarte enthaarte Haut ihrer Vulva glitt. Der sanfte Flügelschlag des Schmetterlings in ihrem Bauch glich jetzt eher den Flügelschlägen eines Kolibris und ein Schwall süßer Lust rollte über sie Hinweg wie eine scharfe Windböe. Ein tiefes Grollen aus seiner Kehle signalisierte ihr, dass seine Aktivitäten auch an ihm nicht spurlos vorübergingen -er presste sich eng an sie, und sie spürte die Härte seiner Erregung in ihrem Rücken.

Sein kleiner Finger glitt zwischen ihre geschwollenen Lippen, und sie konnte deutlich ihre Feuchtigkeit spüren. Er führte ihre Hand zu ihrem Zentrum und flüsterte ihr sanft zu, "Streichle dich für mich, kleine Coby". Geführt von seiner Hand glitt sie mit ihren Fingern zwischen ihre Schamlippen und begann sich zu streicheln. Zuerst glitt sie langsam und in leichten Kreisen über ihre intimsten Bereiche, dann erhöhte ihr Professor allmählich den Druck. Sein kleiner Finger hatte sich auf ihrer Klitoris niedergelassen und begann diese sanft rhythmisch zu reiben.

Auch seine anderen Finger ließen jetzt ab von ihrer Hand und begannen sie gemeinsam mit ihren eigenen Fingern zu erregen. Seine rechte Hand, die sich noch immer um ihre Brust schloss, massierte ihre Knospe und ihren Busen im gleichen Rhythmus wie seine Finger ihre schimmernde Blüte. Coby schloss die Augen, lehnte sich vollkommen gegen den großen Mann hinter ihr und stöhnte leise. Langsam ließ sie ihr Becken um die Finger kreisen, die dabei waren, sie auf süßeste Weise in den siebten Himmel zu befördern.

Sie drehte ihm ihren Kopf zu - sie wollte mehr, ihn riechen, ihn fühlen und schmecken. "Oh Professor, was machen Sie nur mit mir?", seufzte sie leise. "Ich verführe dich, Coby", entgegnete er rau, und beugte seinen Kopf zu ihr. Seine Lippen berührten die ihrigen. Ganz sanft und vorsichtig war dieser erste Kuss, fragil und federleicht - er war sich nicht sicher, ob sie die Intimität eines Kusses bereits zulassen würde. Doch sie lehnte sich in seinen Kuss, erwiderte ihn.

Seine Zunge drängte sich zärtlich über ihre Lippen und bat um Einlass. Coby öffnete ihren samtigen Erdbeermund und von da an gab es kein Halten mehr. Ihre Münder vereinigten sich und kosteten einander, während seine Hände sie liebkosten und immer weiter erregten. Ein tiefes Stöhnen entrang sich ihm und Coby verlor jedes Gefühl für Zeit und Raum unter seinem Kuss. Ihre Erregung floss immer stärker durch sie hindurch und sie schob ihr Becken fordernd in seine Hand, erhöhte den Druck gegen seine Finger.

Als sie den Kuss kurz unterbrachen, bat er sie mit abgerissener Stimme, "gib mir deine Hand, Coby, ich will dich schmecken". Sie zog ihre Hand, an der ihre Lust und ihr Duft hingen, zwischen ihren Schenkeln hervor und kostete selbst lasziv an einem Finger die Spuren der Erregung, die er ihr beschert hatte. Dann gab sie ihm ihren Zeigefinger zum Kosten. Er nahm ihren Finger in seinen Mund und ließ seine Zunge um ihn rollen, er leckte all ihren lieblichen Nektar von ihm herunter. Gleichzeitig strichen seine Finger über ihr Geschlecht, rieben sie, trieben sie auf ihren unaufhaltsamen Orgasmus zu.

Plötzlich versenkte er ohne Vorwarnung zwei Finger gleichzeitig tief in ihr und biss gleichzeitig leicht in ihren Zeigefinger - und schickte sie damit über die Klippe ihres ersten Orgasmus. Eine mächtige Woge aus Lust, Ekstase und tiefer Freude donnerte über sie hinweg. Sie ließen ihre Beine schwach werden und sie laut aufschreien. Aaron hielt sie fest, die Finger noch immer in ihr und spürte, wie ihre Vagina um seine Finger zuckte und Feuchtigkeit in Schüben aus ihr heraus floss.

Erst als sie sich vollständig beruhigt hatte, nahm er vorsichtig seine Hand weg und drehte sie um, so dass sie ihm in die Augen blicken konnte. Und sie erlebte etwas ganz einmaliges: ihr Professor hatte ein leises Lächeln auf den Lippen. "Professor, das war wunderbar", flüsterte sie. Sie spürte, wie er leise in sich hinein lachte. "Glaubst du, du kannst es eine Nacht lang mit mir aushalten?", fragte er neckend.

Coby lächelte ihn an. Als Antwort stellte sie sich auf die Zehenspitzen und küsste ihn mit der Intensität einer Frau, die gerade einen unglaublichen Orgasmus erlebt hat. Er öffnete die Bänder des Kleides in ihrem Nacken und raunte ihr zu "lass mich dich nackt sehen, Coby". Ihr Professor ließ das Kleid an ihr herab gleiten, bis es zu ihren Füßen lag. Er kniete vor ihr nieder und rollte vorsichtig ihre Strümpfe an ihren Beinen herab und über ihre Füße. Er lehnte sich noch immer kniend gegen ihren nackten Körper, presste sein Gesicht in ihre Scham und inhalierte tief den weiblichen Duft ihrer Erregung.

Seine Zunge glitt kurz über ihren süßlich schmeckenden Schamhügel und Blitze der Erregung schossen durch ihren Körper. Dann erhob er sich und nahm sie in seine starken Arme.

Professor Copper vergrub seinen Kopf tief in ihrer Halsbeuge und küsste ihre Schulter und ihren Nacken, während seine Hände ihren

Rücken und ihren Po sorgfältig erkundeten. Sie

umarmte ihn, knabberte an seinem

Ohrläppchen und schmiegte sich an ihn.

Plötzlich griff er mit einem Arm unter ihre Knie,

hob sie hoch und trug sie zum Bett hinüber.

Leise fragte sie, "willst du dich nicht auch

ausziehen"? "Noch nicht", antwortete er, "das ist

Teil des Spiels. Und wenn es dir nichts

ausmacht, würde ich dich bitten, beim Sie zu

bleiben. Auch das ist Teil des Spiels für mich".

Coby lächelte und nickte zustimmend.

"Selbstverständlich, Herr Professor, ganz wie Sie

wünschen", erwiderte sie. Er legte sie in der

Mitte der Matratze ab, beugte sich über sie

und bedeckte ihren gesamten Körper mit

Küssen. Ihr Professor nahm ihre festen Brüste in seine zarten Hände, ließ sie durch seine Handflächen rollen und reizte ihre Nippel spielerisch mit seinen Fingern. Seine Zunge leckte über ihre Vorhöfe und er küsste eine Spur den Pfad zwischen ihren Brüsten entlang.

Allmählich zog er küssende und leckende Kreise auf der zarten Haut ihres Bauches, saugte an ihrem Bauchnabel und sie spürte, wie ihre Erregung wieder zu ihr zurückkehrte. Plötzlich veränderte er seine Stellung und legte sich zwischen ihre Beine. Er drückte ihre Schenkel leicht auseinander, so dass ihre feuchte Vagina sich direkt vor ihm öffnete. Er versenkte seine Zunge tief zwischen ihren

Schamlippen und ließ sie vor Überraschung und Lust laut aufstöhnen.

Seine raue Zunge leckte über ihre funkelnde Perle, dann an den Außenseiten der Schamlippen entlang, dann innen an den sensibelsten Bereichen. Er saugte sanft an ihrer Klitoris und ließ sie sich aufbäumen. Er versenkte seine Zunge in ihrer Vagina und kostete den Geschmack ihrer Lust. Der Professor ließ keinen Millimeter aus. Jetzt nahm er zusätzlich zu seiner Zunge auch seine Finger zu Hilfe - sie tanzten über ihre Venusmuschel, während er leckend ihr Schmuckkästchen erforschte.

Coby sah Sterne - noch nie hatte ein Mann es

geschafft, ein derart willenloses Bündel aus sexueller Energie aus ihr zu machen. Sie presste ihr Becken an sein Gesicht, rieb sich an ihm, um so viel Kontakt wie möglich herzustellen. Ihre Hände krallten sich in die Kissen neben ihr und sie atmete kurz und stoßweise.

"Professor Copper, bitte...", keuchte sie, "ich halte es nicht mehr aus. Ich will mehr"! "Gleich, kleine Coby", raunte er in die Feuchtigkeit ihrer Spalte und der Klang seiner Stimme ließ sie zusätzlich erbeben. "Ich will, dass du noch einmal kommst für mich vor dem nächsten Schritt".

Er versenkte sich wieder in ihrer Weiblichkeit,

knabberte sanft an ihrer Liebesperle und massierte mit seinen Fingern das erregte Fleisch um ihre Grotte. Er schob zwei Finger in ihre Spalte und fing an, sie langsam und gleichmäßig zu stoßen, während er mit seiner Zunge über ihre Klitoris rieb und leckte. Und wieder dauerte es nicht lange: zuckend wand sie sich um seine Finger und die Ekstase überwältigte sie mit aller Macht. Er beließ seine Finger in ihrer Vagina, schob sich zu ihr hinauf, bis sein Gesicht gleichauf war mit ihrem.

Sie konnte sehen, wie ihre Lust an seinem Mund glänzte und leckte sich unwillkürlich die Lippen. Er senkte sich zu ihr hinab. "Willst du wissen, wie du auf mir schmeckst", raunte er seidig und sie leckte ihm über die Lippen. Ihr eigener Geschmack vermischte sich mit seinem zu einem höchst erotischen Cocktail, den sie genießerisch von ihm herunter leckte. Ihre Zunge glitt wie die einer Katze über seine Lippen und sein Kinn, bis ihre Lippen sich trafen und sie in einem heißen, leidenschaftlichen Kuss verschmolzen.

Sie küssten sich voller Hingabe und Sinnlichkeit, während in ihrem Becken noch ihr Orgasmus nachhallte. Seine Hand glitt jetzt über ihren Körper und hinterließ eine Spur von Feuchtigkeit. Er umfasste ihre Brust und massierte sie sanft.

Dann stützte er sich auf seinen Ellbogen und

sah ihr mit seinem intensiven Blick in die Augen.

"So, meine kleine Coby, was möchtest du als nächstes probieren"? Sie lächelte ihn an.

"Professor, ich möchte Sie spüren und Ihren Körper erforschen. Bitte erlauben Sie, dass ich Sie ausziehe".

Professor Copper runzelte die Stirn, als würde er überlegen. Und Coby fürchtete schon, sie hätte die falsche Antwort gegeben. Dann lächelte er und sagte, "wie du möchtest, Coby".

Sie richtete sich auf, kniete sich vor ihn und reichte ihm die Hand. "Bitte, Professor, Sie müssen sich ebenfalls hinknien". Er kam ihrem

Wunsch nach, und sie knieten jetzt gegenüber auf der Matratze. Sie schaute ihn an und ihr entging nicht die stattliche und anmutige Ausbuchtung seiner Hose - ein deutliches Zeichen dafür, wie sehr er es genossen hatte, sie zu verwöhnen und wie bereit er für weitere Zärtlichkeiten war.

Coby begann langsam und bedächtig, sein Hemd auf zu knöpfen, während er seine Hände nicht von ihren Brüsten lassen konnte. Er knetete und massierte ihre beiden lieblichen Äpfel, während sie langsam Knopf für Knopf öffnete. Als das Hemd zur Hälfte offen war, schob sie es beiseite und glitt mit ihren

Handflächen darunter. Er trug nichts unter

seinem Hemd, und sie konnte mit ihren Händen

über seine nackte Brust streichen. Er war kräftig

und muskulös gebaut und seine

Brustmuskulatur malte sich deutlich, aber nicht

übermäßig, unter seiner Haut ab.

Die fünfzig Jahre waren nahezu spurlos an ihm

vorübergegangen, seine Haut war glatt und

ebenmäßig, mit einem leichten Haarflaum am

Brustansatz. Vorsichtig zog sie das Hemd aus

seiner Hose, öffnete es vollständig und ließ es

an seinen Armen herunter gleiten. Professor

Copper unterbrach für einen Moment seine

Beschäftigung mit ihrem Busen, schlüpfte aus

dem Hemd und warf es mit einer gekonnten Bewegung vom Bett.

Sie glitt mit den Händen an seinen Seiten entlang, über seinen muskulösen Bauch und seinen Rücken und entdeckte Zentimeter für Zentimeter den Mann, der halbnackt vor ihr saß und den sie bisher immer nur aus der Ferne hatte erleben dürfen. Sie umfasste seine Schultern und drückte ihn sanft aufs Bett. "Legen Sie sich bitte hin, Professor Copper", bat sie ihn. Er tat, was sie von ihm verlangte und legte sich auf den Rücken.

Coby schob sich halb über ihn, so dass ihre Brüste Kontakt mit seiner Haut aufnehmen konnten, und erforschte weiter seinen Oberkörper. Als sie um seine Vorhöfe leckte und mit der Zunge über seine Nippel strich, sog er scharf die Luft ein. Ihre Hände wanderten an seinem Körper entlang bis zum Saum seiner Hose. Dort hielt sie inne und war sich auf einmal nicht mehr sicher, ob sie so einfach tiefer gehen durfte. Während sie noch überlegte, nahm er ihre Hand und schob sie direkt auf seine erhabene Erektion.

Sie konnte durch den Stoff hindurch fühlen, wie erregt und bereit er für sie war. "Hier, liebe Coby, ist etwas, was du dir unbedingt ansehen solltest", säuselte er in ihr Ohr, und sie wandte sich leicht errötend seinem erregten Zentrum zu.

Sie strich mit der flachen Hand über den Stoff seiner Hose und fühlte seine Erektion durch das leichte Material unter ihren Fingern. Leicht beklommen tastete sie die Form nach - sie hatte durchaus Erfahrungen mit Männern und war nicht leicht aus der Fassung zu bringen, aber im Bett mit ihrem Professor zu liegen und kurz davor zu sein, seinen Tiger aus dem Käfig zu holen, nötigte ihr allen Mut ab, den sie aufbringen konnte. Sie presste ihre Hand auf die Beule seiner Hose, beugte sich herunter und knabberte daran, den Stoff seiner Hose noch immer als Schutzschild nutzend.

Plötzlich keuchte ihr der Professor zärtlich ins Ohr, "Coby, wenn du ihn nicht gleich befreist, wird er sich selbst durchbohren - bitte, lass mich nicht länger warten". Sie grinste in sich hinein und beschloss, ihren Professor noch ein ganz klein wenig länger auf die Folter zu spannen. Unendlich langsam öffnete sie die Knöpfe seiner Hose, einen nach dem anderen und blies leicht auf die nackte Haut, die darunter zum Vorschein kam. Ein vorsichtiger Blick nach oben zeigte ihr, dass ihr Professor sich in das Kissen zurückgelegt und die Augen geschlossen hatte.

Unter seiner Hose trug er dunkelrote

Boxershorts, wie Coby halb belustigt feststellte.

'Eigentlich fehlen darauf nur noch die

Teddybären', dachte sie und lächelte. Als sie

die Hose geöffnet hatte, griff sie beherzt an

den Hosenbund und zog die Hose langsam

nach unten, ohne dabei seine Boxershorts zu

berühren. Er hob sein Becken leicht an, so dass

sie ihm die Hose ohne jeden Widerstand

abstreifen konnte.

Das tat sie - wiederum mit quälender

Langsamkeit und küsste und pustete dabei

eine Spur der Lust und Ekstase an der

Innenseite seiner Oberschenkel entlang. Das

Zucken in seinen Shorts verriet ihr, dass sie seine

Erregung gerade bis ins Unerträgliche steigerte

mit ihrer kleinen Show. Coby wollte ein ganz

besonderes Erlebnis aus ihrem Techtelmechtel

machen. Sowohl für ihn, als auch für sich selbst.

Sie entfernte seine Hose völlig und ließ sie

neben dem Bett auf dem Boden gleiten. Dann

nahm sie sich die Zeit und zog auch seine

Socken aus, was er durch ein Heben seiner

Augenbrauen quittierte. Coby fand die

Vorstellung, sich von Professor Copper vögeln

zu lassen, während er nichts als seine Socken

trug, einfach maßlos abstoßend und befand,

dass dafür die Zeit einfach vorhanden sein

musste. Schließlich beschloss sie, ihn nicht

weiter auf die Folter zu spannen.

Sie streichelte und küsste sich an seinen Beinen nach oben, strich mit der Hand noch einmal über seine Erektion und zog dann die Boxershorts langsam und bedächtig aber zugleich auch energisch nach unten. Sein voll erigierter Penis sprang ihr entgegen und Coby roch seinen herben männlichen Duft. Dann legte sie ihre zarte, weiche Hand um seinen harten Schaft und fühlte seinen stahlharten Phallus unter ihren Fingern.

Er war groß, aber nicht zu groß. Kräftig, männlich und sehr erregend. Seine beinahe dunkelrote durchblutete Eichel setzte sich deutlich vom harten Stamm ab, an dessen

Unterseite eine Ader stark hervorstand. Sein Penis mündete über seinem Hodensack, der, wie sie leicht amüsiert bemerkte, komplett rasiert war. Sie zog mit dem Daumen die Ader an seinem Stamm nach und strich dann über seinen Hoden. Sie nahm die weichen Kugeln in die Hand und massierte sie kurz. Dann konzentrierte sie sich wieder auf seine Spitze. Sie strich mit ihren Fingerkuppen über die samtig weiche Haut seiner Eichel und zog die Linie zwischen Eichel und Schaft nach.

"Gefällt dir, was du da siehst, meine Coby?", hörte sie die samtige Stimme ihres Liebhabers und gab lächelnd zurück, "Sie haben einen sehr schönen Schwanz, Professor Copper".

"Lass dich auf keinen Fall zurückhalten", gurrte es aus seinen Kissen und sie fasste das als Aufforderung auf. Sie blies sanft auf seine Eichel und spürte, wie sein Penis in ihrer Hand zuckte. Dann leckte sie probeweise über seine Eichel und nahm seinen Geschmack in sich auf. Sie spielte mit ihrer Zunge mit der Spitze seines Zepters und ließ ihre Zungenspitze am Ansatz seiner Vorhaut entlang züngeln. Sein Schaft lag noch immer in ihrer Hand - sie begann ihn zu massieren und sanft zu reiben. Während ihre Zunge wiederum die Ader an seiner Unterseite entlangfuhr und sich bis zu seiner Peniswurzel leckte. Dann legte sie seine Hoden in ihre andere Hand, ließ die weichen, seidigen Bälle durch ihre Handfläche rollen und massierte sie mit sanften Druck. Sie küsste und liebkoste seine Lustbälle, sog die köstlichen Kugeln nacheinander in ihren Mund und ließ sie über ihre Zunge tänzeln. Coby spürte, wie sein Schwanz in ihrer Hand möglicherweise noch härter wurde, wie er pulsierte. Und sie hörte das Keuchen ihres Professors, und es turnte sie unglaublich an, wie sie mit ihm spielen konnte und wie er auf sie reagierte.

Sie ließ von seinen Hoden ab und nahm seine Eichel vollständig in den Mund, während ihre Hand weiter den Stamm seines wundervollen Schwanzes verwöhnte. Sie saugte im Rhythmus ihrer Handbewegungen an seiner Eichel und ließ ihre Zunge in ihrem Mund um seine Haut gleiten. Ihr Professor wühlte mit seinen Händen in ihrem Haar, bäumte sich unter ihr auf und ein grollendes Keuchen kam tief aus seinem Inneren.

Coby spürte, wie ihre Erregung wiederkehrte und sie stöhnte wohlig in seinen bis zum äußersten erregten Schwanz. Sie ließ ihn aus ihrem Mund gleiten und nahm ihn wieder in sich auf, sie fickte ihn mit ihrem Mund, der sich heiß und eng um seinen steifen Phallus legte und ihn umschmiegte. Er stieß mit seinem Becken beherzt in ihren Mund, keuchte laut, drückte ihren Kopf gegen seinen Penis- doch plötzlich zog er sie von seinem Schwanz weg und zu sich hinauf.

"Ich will dich, Coby", keuchte er in ihr Ohr und

eroberte mit wilder Leidenschaft ihren Mund.

Sie küssten sich wild und hemmungslos, und er

drehte sie dabei um, so dass sie auf dem

Rücken lag. Mit einer einzigen Bewegung legte

er sich auf sie. "Bitte, Professor Copper, Ich will

Sie in mir spüren", keuchte sie, spreizte ihre

Beine weit und schlang sie um seine Hüften. Mit

einem einzigen Stoß drang er tief in sie ein, und

beide stöhnten simultan auf.

"Gott, du bist so wunderbar feucht und eng",

stöhnte er in ihr Ohr. Sie zog ihn mit ihren Beinen

ganz tief in ihr Becken und genoss es, wie sehr

er sie ausfüllte. Sie konnte spüren, wie er in ihr

pochte, wie er jeden Raum in ihrer Tiefe einnahm. Er zog sich wieder zurück, bis sein Schwanz beinahe wieder heraus glitt. Beinahe nur, denn jetzt stieß er einige Male nur seine Schwanzspitze in sie, um sich dann wieder vollständig in ihr zu versenken. Er wiederholte das einige Male, und sie schrie auf vor Lust und Wonne.

"Ficken Sie mich jetzt, Herr Professor, halten Sie sich bitte nicht zurück!", schrie sie und er reagierte prompt. Er lag eng auf ihrem Körper und stieß in langen kraftvollen Stößen in sie. Bei jeder Bewegung glitt sein Körper über ihre Klitoris, seine Hände nahmen wieder ihre Brüste in seine Hände und er biss sanft in ihre Spitzen, während er ihre Möse zum Kochen brachte.

Mit ihren Händen klammerte sie sich an seinem Rücken fest, schob seinen Po zu ihrem Becken und genoss jeden seiner kraftvollen Stöße.

Sie keuchte und stöhnte lauthals gemeinsam mit ihm im Takt ihrer beider Bewegungen und hatte das Gefühl, mit ihm zu verschmelzen. Tief in ihr fühlte sie, wie sich ihr nächster Orgasmus aufbaute, sie hob ihm ihr Becken entgegen und als sein Schwanz das nächste Mal tief in sie eindrang, öffneten sich die Schleusen und ihr Orgasmus flutete durch sie hindurch.

Professor Copper spürte, wie sie um seinen Schwanz herum pulsierte, und das trieb auch ihn über die Klippe. Er biss in ihre Brustwarze, stieß seinen Schwanz komplett in sie hinein, er spürte, wie seine Eier sich zusammenzogen. Dann explodierte er und schleuderte seinen Samen in ihre Vagina. Drei, vier, fünf, sechs Schübe - es dauerte lange, bis sein Penis sich komplett entleert hatte, während ihr Orgasmus ihn unterstützte, die Muskeln ihrer Vagina ihn massierten und seine Ejakulation vorantrieben. Verschwitzt und erschöpft blieb Aaron auf ihr liegen, er streichelte ihre Brüste, ihren Körper und ihr Gesicht. Er und Coby lächelten sich an. Sie zog seinen Kopf zu sich herunter und küsste ihn lange und intensiv. "Professor Copper, das war der beste Orgasmus, den ich je erlebt habe", flüsterte sie und setzte hinzu "die besten drei Orgasmen, um genau zu sein". Er lächelte ein wenig selbstgefällig und meinte dann, "nun ja, ich werde mein bestes tun, damit es noch ein paar mehr werden während dieser Nacht". Sein Glied, das inzwischen zu seinem Ausgangszustand zurückgekehrt war, war inzwischen vollständig aus ihrer Vagina geglitten.

Professor Copper legte sich neben seine junge Gespielin. Er griff hinter sich auf den Nachttisch und reichte ihr das Champagnerglas, das dort noch immer vergessen gestanden hatte. Sie trank einen Schluck von dem Champagner, nahm einen weiteren Schluck, beugte sich zu ihrem Professor und küsste ihn so, dass sie den Champagner miteinander teilten.

"Ich bin begierig darauf zu erfahren, was Sie noch alles mit mir vorhaben, Professor", hauchte Coby in sein Ohr und war rundum zufrieden mit sich.

MIX

Papier | Fördert
gute Waldnutzung

FSC® C083411

Zeitfracht Medien GmbH
Ferdinand-Jühlke-Straße 7
99095 Erfurt, Deutschland
produktsicherheit@kolibri360.de